Edgar

Grube u

Erz

W0240404

dtv

Die Taschenbibliothek

Aus dem Amerikanischen übersetzt
von Hans Wollschläger

Ungekürzte Fassung

Januar 1996
Deutscher Taschenbuch Verlag GmbH & Co. KG,
München
© 1967 Arno Schmidt-Stiftung
Umschlaggestaltung: Balk & Brumshagen
Umschlagbild ›Der Schlaf der Vernunft erzeugt Ungeheuer‹
Caprichos 43 von Francisco José de Goya
Satz: Design-Typo-Print, Ismaning
Druck und Bindung: C. H. Beck'sche Buchdruckerei,
Nördlingen
Printed in Germany · ISBN 3-423-08309-3

Inhalt

Grube und Pendel

Impia tortorum longos hic turba furores
Sanguinis innocui, non satiata, aluit.
Sospite nunc patria, fracto nunc feneris antro,
Mors ubi dira fuit vita salusque patent.

Hier hat die ruchlose Menge die Leiden schuldlosen Blutes
ohne Ersättigung schier lange und fruchtbar genährt.
Nun, da das Vaterland frei, die Höhle des Grabes zerbrochen,
stehen, wo herrschte der Tod, offen hier Leben und Heil.

Vierzeiler, entworfen für ein Markttor, das unweit des Jakobinerklub-Hauses zu Paris errichtet werden sollte.

Ich war geschwächt und krank – zum Tode krank von all der langen Qual; und als man mir schließlich die Fesseln abnahm und ich mich setzen durfte, spürte ich, daß mir die Sinne schwanden. Das Urteil – der gefürchtete Todesspruch – war das letzte, was noch bestimmt umrissen meine Ohren erreichte. Danach schien der Klang der inquisitorischen Stimmen zu einem träumerisch flimmernden Summen zu verschmelzen. Es weckte mir in der Seele die Empfindung eines *Kreisens* – wohl weil es sich in der Phantasie mit dem Bilde eines sausenden Mühlenrads verband. Doch dies nur kurze Zeit; denn gegenwärtig hörte ich nicht mehr. Doch eine Weile noch *sah* ich; oh, in welch schreckenvoller Überschärfung! Ich sah der schwarzberobten Richter Lippen. Sie schienen mir kahlweiß – noch weißer denn das Blatt, auf das ich diese Worte setze – und schier bis zur Groteskheit dünn; dünn vor verbissener Festigkeit – vor unverrückbarem Entschlossensein – vor grausamer Verachtung menschlicher Marterpein. Ich sah, wie die Beschlüsse, die mir Schicksal waren, anhaltend immer noch von diesen Lippen flossen. Ich sah sie sich beim Todesspruch verzerren. Ich sah, wie sie die Silben meines Namens formten; und Schauder überrann mich, denn kein Laut kam nach. Ich sah auch, binnen weniger Momente voll irren Horrors, das sachte und fast unwahrnehmliche Wehen der schwarzen Draperien, welche die Wände des Gemachs verhüllten. Und dann fiel mir der Blick auf die sieben ragenden Kerzen auf dem Tische. Zuerst erschienen sie mir ganz im Lichte der Barmherzigkeit: wie weiße schlanke Engel, die mich retten wollten; doch dann kam, jäh und plötzlich, ein giftig-tödlicher Ekel über meinen Geist, und jede Fiber meines Leibes fühlt' ich schrill erbeben, als hätte ich an den Draht einer galvanischen Batterie gerührt, da sich die englischen Gestalten nun in wesenlose Spukgespinste wandelten, mit Feuerhäuptern, und ich erkannte, daß von ihnen keinerlei Hilfe kommen würde. Dann aber stahl sich, wie süßer Melodiegesang, mir der Gedanke in die Phantasie, welch sanfte Ruhe sich im Grabe müßte finden lassen. Allmählich und verstohlen nahte er sich mir, und lange schien's zu währen, bis er mir gänzlich gegenwärtig war; doch als mein Geist ihn endlich recht erspürt und in sich hin bewegte, verschwanden die Gestalten der Richter vor mir jäh wie von zaubrischer Gewalt; die langen Kerzen sanken ins Nichts; ihr Feuerlicht erlosch; schwarz stieg das Finstre Reich herauf; und alle Empfindungen schien ein rasend reißender Sturzsog zu verschlingen, als führe meine Seele in den Hades. Dann waren Schweigen, Stille, Nacht das All.

Mir warn die Sinne geschwunden; doch will ich damit nicht sagen, daß ich alles Bewußtsein verloren hatte. Was mir davon verblieb, werd' ich nicht zu definieren versuchen, noch gar zu beschreiben; doch war nicht alles verloren. Im tiefsten Schlummer – nein! Im Fieberwahnsinn – nein! In einer Ohnmacht – nein! Im Tode – nein! selbst im Grabe ist *nicht alles* verloren. Sonst wär' des Menschen nicht Unsterblichkeit. Fahren wir auf aus allertiefstem Schlaf, so reißt das Dünngewebe irgendeines Traumes. Doch schon eine Sekunde danach (so zart verletzlich mag dies Gespinst gewesen sein) entsinnen wir uns nicht mehr, was wir geträumt. Die Rückkehr aus der Ohnmacht in das Leben hat zwei Stadien; im ersten erwachen die Sinne des Geistigen, die mentalen wie die spirituellen; im zweiten wird das Physische bewußt, die Existenz. Es scheint wahrscheinlich, daß bei Erreichen des zweiten Stadiums – gesetzt, wir könnten uns dann der Eindrücke des ersten noch entsinnen – aus diesen Eindrücken reiche Erinnerungen an den Schlund darunter sprechen würden. Und dieser Schlund ist –

was? Wie wenigstens sollen wir seine Schatten von denen der Gruft unterscheiden? Und wenn die Eindrücke dessen, was ich das erste Stadium nannte, auch nicht beliebig in die Erinnerung zurückzuholen sind, – kommen sie denn nicht doch, nach langer Schweigezeit, ganz plötzlich ungerufen wieder herauf, indessen wir uns baß verwundern, woher sie stammen mögen? Wer nie die Ohnmacht kannte, wird auch nie im Glühn der Kohlen seltsame Paläste finden und schauerlich vertrauliche Gesichter; nie wird er, flutend im Äther, die düstern Visionen schaun, die sich dem Blick der Vielen niemals offenbaren; nie wird er über dem Duft einer neuen Blumenblüte sinnen; und niemals wird sein Hirn verwirrt erzittern beim Klange einer Melodiekadenz, die vorher noch sein Denken nie betörte.

Inmitten häufiger und tiefgesinnter Mühen, mich zu erinnern, inmitten ernsten Ringens um ein Zeichen von jenem Zustand, der das Nicht-Sein schien, in welches meine Seele gesunken, hat es Momente gegeben, da mir Gelingen träumte, traten kurze, ach wie so kurze Augenblicke ein, da ich Erinnerungen heraufbeschwor, die sich – im spätern Lichte der Vernunft gesehen – gewißlich nur auf jenen Zustand scheinbarn Unbewußt-Seins beziehen konnten. Diese Erinnerungsfetzen erzählen, schattenhaft flüchtig, von ragenden Gestalten, die mich aufhoben und schweigend abwärts trugen – tief abwärts – immer tiefer – bis schon beim bloßen Gedanken, es gehe in bodenlose Tiefe hinab, ein gräßlicher Schwindel mich faßte. Sie erzählen auch von einem vagen Grausen, das mein Herz durchfuhr – ob eben dieses Herzens unnatürlicher Stille. Dann kommt mir ein Gefühl der Reg- und Bewegungslosigkeit schier aller Dinge; wie wenn meine Träger (ein Gespensterzug!) in ihrem Abstieg nun des Grenzenlosen Grenzen überschritten hätten und von den Mühsamkeiten ihrer Arbeit ruhten. Nach diesem find' ich Schlaffheit im Gedächtnis und Dumpfigkeit; und dann ist alles *Wahnsinn* – der Wahnsinn eines bohrenden Erinnerns, das sich mit Dingen quält, die ihm verboten sind.

Ganz plötzlich aber kam in meine Seele Bewegung und Klang zurück – das tumultuosende Stoßen des Herzens und, mir im Ohre widerhallend, seines Schlagens Schall. Dann eine Pause: – alles ist blaß und kahl. Dann wieder Laut, Bewegung, – und ich fühle auch: – ein Juckgeprickel läuft durch meinen Leib. Dann nur noch das Bewußtsein, daß ich existiere, gedankenleer – der Zustand hielt länger an. Dann jäh und plötzlich *Denken,* und Schreckensschauer, und quälerisches Mühn, mein wirkliches Befinden zu erfassen. Dann heiß ein Sehnen nach Empfindungslosigkeit, drin zu versinken. Dann ein rauschendes Wiederaufleben der Seele – und es gelingt mir, angestrengt, mich zu bewegen. Und nun erinnre ich mich voll an alles: an den Prozeß, die Richter, an den Spruch, die schwarzen Draperien, meine Schwäche, und an die Ohnmacht. Dann gänzliche Vergeßlichkeit für jegliches Danach;

für alles das, was dann zu späterer Stunde inbrünstiges Bemühn mir vage wieder zu Gedächtnis brachte.

Bis hierher hatte ich die Augen nicht geöffnet. Ich spürte, daß ich, von Fesseln ledig, auf dem Rücken lag. Ich streckte meine Hand aus: – sie fiel schwer auf etwas Feuchtes, Hartes. Dort ließ ich sie lange Minuten liegen, indessen ich mir vorzustellen trachtete, wo denn und *was* ich sei. Dringlich verlangte es mich, meine Augen zu brauchen; allein ich wagte es nicht. Ich hatte Angst vor diesem ersten Blick auf das, was mich umgab. Nicht daß ich's fürchtete, gräßliche Dinge zu schaun; nein, grausig war mir der Gedanke, es werde *nichts* zu sehen sein. Doch schließlich riß ich, wilde Verzweiflung im Herzen, die Augen jählich auf. Da bestätigten sich denn meine schlimmsten Ahnungen. Die Schwärze ewiger Nacht umschloß mich. Ich rang nach Atem. Die Dichte der Finsternis schien mich zu erdrücken und zu ersticken. Die Luft war unerträglich dumpf. Doch lag ich weiter still und mühte mich, Klarheit in meine Gedanken zu bringen. Ich rief mir das Inquisitionsverfahren zu Gedächtnis und versuchte, mir von jenem Punkte aus meine gegenwärtige Lage abzuleiten. Das Urteil war ergangen; und es wollte mir scheinen, daß seither lange Zeit verstrichen sei. Doch nicht momentlang hielt ich mich für wirklich tot. Solch eine Vorstellung ist, was wir auch immer in der Dichtung lesen, ganz unvereinbar mit realer Existenz; – doch wo dann war ich und in welcher Lage? Die zum Tode Verurteilten wurden gewöhnlich bei den *autos-da-fé* hingerichtet, das wußte ich, und eins davon war just in jener Nacht, die meiner Verurteilung folgte, abgehalten worden. Hatte man mich in mein Verlies zurückgeschafft, um mich für die nächste Opferung aufzusparen, die erst in vielen Monaten stattfinden würde? Das konnte nicht sein, soviel sah ich sogleich. Man hatte unmittelbar Opfer gebraucht. Überdem besaß mein Kerker, wie alle Zellverliese zu Toledo, einen steinernen Boden und war nicht gar so gänzlich vom Taglicht abgeschlossen.

Ein grauenvoller Gedanke trieb mir nun das Blut in Strömen zum Herzen, und für kurze Zeit sank ich erneut in Empfindungslosigkeit zurück. Als ich wieder zu mir gekommen, sprang ich alsbald auf die Füße, in jeder Fiber ein konvulsivisches Zittern. Wild warf ich nach allen Richtungen die Arme über und um mich. Ich fühlte nichts; doch wagte ich keinen Schritt von der Stelle zu tun, aus Furcht, ich könnte an die Wände eines *Grabes* stoßen. Schweiß brach mir aus jeder Pore und stand in kalten dicken Tropfen auf meiner Stirn. Die Qual der Ungewißheit ward schließlich unerträglich, und vorsichtig bewegte ich mich fort, die Arme ausgestreckt, indessen mir die Augen in der Hoffnung, doch einen schwachen Schimmer von Licht zu erspähen, schier aus den Höhlen traten. Schritt um Schritt trat ich ins Dunkel vor; doch alles blieb Schwärze und Leere. Da atmete ich freier. Schien es mir doch, daß wenigstens nicht das gräßlichste aller Geschicke meiner harrte.

Und nun, da ich noch weiter vorsichtig Schritt um Schritt ins Dunkel tat, drangen mir plötzlich wohl tausend vage Gerüchte von den Schrecken Toledos in die Erinnerung. Sonderbare Dinge hatte man sich von den Verliesen erzählt – ich hatte sie stets für Fabeln gehalten – Dinge jedoch, schier unerhört und viel zu schauerlich, als daß man sie anders denn im Flüstertone wiederholen könnte. Hatte man mich bisher am Leben gelassen, damit ich hier in dieser unterirdischen Welt der Finsternis Hungers sterben sollte; oder welches, vielleicht noch fürchterlichere, Schicksal erwartete mich sonst? Daß am Ende der Tod stehen werde, und zwar ein Tod von mehr denn üblicher Grausamkeit, durfte ich nicht bezweifeln, denn nur zu wohl kannte ich den Charakter meiner Richter. Die Art nur und die Stunde war's, was mir das Hirn verstörte und zermarterte.

Meine ausgestreckten Hände stießen schließlich auf ein festes Hindernis. Es war eine Wand, dem Anschein nach aus Stein gemauert – sehr glatt, sehr schlüpfrig und kalt. Ich folgte ihrem Verlauf – in behutsamen Schritten und mit all dem Mißtrauen, welches gewisse ältere Erzählungen mir eingeflößt hatten. Dies Vorgehen brachte mir indes keinerlei Gewißheit über die Ausmaße meines Kerkers; denn recht wohl mochte ich im Kreise gehen und, ohne dessen eigentlich gewahr zu werden, zu dem Punkte zurückkehren, von dem ich ausgegangen; so vollkommen einförmig schien die Wand. Ich suchte daher nach dem Messer, welches in meiner Tasche gewesen war, als man mich vor die Inquisition führte; doch es war fort; man hatte meine Kleider mit einem Kittel aus derbem Serge vertauscht. Mein Gedanke war gewesen, die Klinge in eine der winzigen Fugen des Mauerwerks zu treiben, um auf diese Weise meinen Ausgangspunkt kenntlich zu machen. Die Verlegenheit, in der ich mich nun befand, war gleichwohl nur geringfügig; obschon sie mir bei der Wirrnis meiner Phantasie zu Anfang unüberwindlich schien. Ich riß einen Streifen vom Saume des Kittels ab und legte das Stück in voller Länge und rechtwinklig zur Mauer auf den Boden. Wenn ich mich nun rundum an den Wänden meines Gefängnisses entlang tastete, mußte ich am Ende des Wegs unfehlbar wieder bei diesem Fetzen anlangen. So wenigstens dachte ich: doch ich hatte nicht mit der Ausdehnung des Kerkers gerechnet, beziehungsweise mit meiner eigenen Schwäche. Der Boden war feucht und glitschig. Nur ein paar schwankende Schritte hatte ich getan, da strauchelte ich schon und stürzte hin. Meine unsägliche Erschöpfung ließ mich ausgestreckt liegenbleiben; und lange nicht lag ich, so übermannte mich Schlaf.

Als ich erwachte und einen Arm ausstreckte, fand ich neben mir einen Laib Brot und einen Krug mit Wasser. Ich war viel zu erschöpft, um über diesen Umstand weiter nachzudenken, sondern aß und trank voller Gier. Kurz darauf nahm ich meinen

Rundgang längs der Mauer meines Gefängnisses wieder auf, und mit viel Mühsal kam ich schließlich an den Fetzen Serge zurück. Bis zu dem Zeitpunkt, da ich hinfiel, hatte ich zweiundfünfzig Schritte gezählt, und als ich meine Wanderung fortsetzte, zählte ich noch achtundvierzig weitere; – erst dann erreichte ich den Stoffstreifen wieder. Es waren also hundert Schritte insgesamt; und wenn ich zwei davon auf eine Elle rechnete, so mußte das Verlies wohl fünfzig Ellen im Umkreis messen. Freilich war ich auf zahlreiche Winkel in der Mauer gestoßen, und so vermochte ich mir doch keine rechte Vorstellung von der Gestalt des Höhlengewölbs zu bilden; eine Höhle aber war es wohl, daran ließ sich kaum zweifeln.

Ich hatte bei diesen Untersuchungen gar kein eigentliches Ziel im Sinn – gewißlich keine Hoffnung; nur vage Neugier trieb mich, sie fortzusetzen. Die Mauer verlassend, beschloß ich, das Gelaß zu durchqueren. Zuerst bewegte ich mich mit äußerster Vorsicht fort, denn der Boden, obschon dem Anschein nach aus festem Stoff gefügt, war trügerisch in seiner Glitschigkeit. Schließlich jedoch faßte ich mir ein Herz und zögerte nicht mehr, rüstig auszuschreiten; wobei ich bemüht war, in möglichst gerader Linie hinüberzukommen. In dieser Weise hatte ich wohl einige zehn oder zwölf Schritte getan, als sich der Rest des losgerissenen Kittelsaums zwischen meinen Beinen verwickelte. Ich trat darauf und stürzte heftig aufs Gesicht.

In der Verwirrung, die dieser Sturz mit sich brachte, erfaßte ich nicht sogleich einen recht erschreckenden Umstand, welcher indes ein paar Sekunden später, und während ich noch hingestreckt dalag, meine ganze Aufmerksamkeit in Anspruch nahm. Es war nämlich so – mein Kinn ruhte auf dem Boden des Gefängnisses, doch meine Lippen wie auch die ganze Oberpartie des Kopfes lagen nirgends auf, obwohl sie anscheinend weniger erhoben waren denn das Kinn. Zur gleichen Zeit schien meine Stirne in einem feuchtig kalten Dunst gebadet, und der unverwechselbare Ruch verfaulter Schwämme stieg mir in die Nüstern. Ich streckte den Arm aus und stellte voller Schauder fest, daß ich hart am Rande einer kreisrunden Grube niedergefallen war, von deren Ausdehnung ich mir im Augenblick natürlich keinerlei gewisse Vorstellung bilden konnte. Ich tastete am Mauerwerk grad unterhalb der Kante hin, und es gelang mir, einen kleinen Brocken loszubringen, den ich in den Abgrund fallen ließ. Sekundenlang lauschte ich, wie es widerhallte, wenn er gegen die Seitenwände des Schlundes anschlug; dann schließlich gab es einen dumpfen Plumps im Wasser, gefolgt von lauten Echowellen. Im nämlichen Augenblick vernahm ich einen Schall, der dem hastigen Öffnen und ebenso raschen Wiederzuschlagen einer Türe hoch oben über mir glich, indessen ein schwächlicher Schimmer Licht jäh durch das Dunkel blitzte, um gleichso plötzlich wieder zu verblassen.

Klar sah ich nun, welches Los man mir bestimmt hatte, und ich pries mich glücklich ob des eben noch rechtzeitigen Unfalls, der mich ihm hatte entrinnen lassen. Wäre ich nur einen Schritt später gestürzt, so hätte mich die Welt nicht mehr gesehen. Und der Tod, dem ich so haarscharf entgangen, war grad von jener Art, welche ich stets als erfabelt und gegenstandslos betrachtet hatte, wenn mir Geschichten über die Inquisition zu Ohren kamen. Man ließ den Opfern der Tyrannei die Wahl zwischen einem Ende unter den entsetzlichsten Leibesqualen und einem Tode voller fürchterlichster geistiger Schrecken. Mich hatte man für den letzteren aufgespart. Von langen Leiden waren meine Nerven so zerrüttet, daß ich schließlich beim Klange meiner eigenen Stimme erzitterte und in jedem Betracht ein lohnendes Objekt für jene Sorte Tortur geworden war, die meiner harrte.

Schaudernd am ganzen Leibe, tastete ich mich zur Mauer zurück; entschlossen, lieber dort zugrunde zu gehen, als mich dem lauernden Grauen der Brunnenschächte auszusetzen, von denen mir meine Phantasie nun eine ganze Reihe an allen möglichen Stellen meines Kerkers vorspiegelte. In anderer Geistesverfassung hätte ich vielleicht den Mut gefunden, mein Elend durch einen raschen Sprung in einen dieser Schlünde zu enden; doch jetzt war ich der allerärgste Feigling. Auch konnte ich nicht vergessen, was ich über diese Schachtgruben gelesen hatte – daß nämlich ein *rasches* Auslöschen des Lebens keineswegs zu ihrer grauenvollen Bestimmung gehörte.

Heftige Gemütsbewegung hielt mich viele Stunden wach; doch am Ende dann schlummerte ich wieder ein. Beim Aufwachen fand ich, wie schon zuvor, an meiner Seite einen Laib Brot und einen Krug mit Wasser. Ein brennender Durst verzehrte mich, und ich leerte das Gefäß auf einen Zug. Es mußte ein Giftgemisch enthalten haben; denn kaum hatte ich getrunken, so befiel mich unwiderstehliche Schläfrigkeit. Ich sank in tiefen Schlummer – in todesähnlichen Schlaf. Wie lange er dauerte, wußte ich natürlich nicht; doch als ich dann wieder die Augen öffnete, war meine Umgebung mir sichtbar geworden. In einem seltsam schwefelfarbigen Schein, dessen Ursprung mir anfangs verborgen blieb, vermochte ich Ausmaß und Anlage des Gefängnisses zu überschauen.

In seiner Größe hatte ich mich beträchtlich getäuscht. Der gesamte Umfang der Mauerwände betrug nicht über fünfundzwanzig Ellen. Einige Minuten lang rief diese Tatsache eine Fülle eitler Sorgen in mir wach; ja wahrlich, *eitler* Sorgen! denn was konnte unter den schrecklichen Umständen, in denen ich mich befand, geringere Bedeutung haben denn die Maße meines Kerkers? Doch meine Seele nahm ein ganz widersinniges Interesse an allen möglichen Kleinigkeiten, und geradezu hartnäckig plagte ich mich mit der Frage, wieso mir wohl bei meiner Berechnung ein solcher Irrtum habe unterlaufen können. Die

Wahrheit ging mir schließlich blitzhaft auf. Bei meinem ersten Erkundungsversuch hatte ich, bis zu dem Zeitpunkt, da ich hinstürzte, zweiundfünfzig Schritte gezählt; da mußte ich dem Stofflappen bereits auf einen Schritt oder zwei nahe gewesen sein; denn tatsächlich hatte ich meinen Rundgang um die Höhle schon nahezu vollendet. Ich schlief dann ein, und beim Erwachen muß ich wohl einfach meine Schritte zurückgelenkt haben – wodurch mir der Weg rundum nahezu doppelt so lang vorkam, als er in Wirklichkeit war. Meine Geistesverwirrung ließ mich nicht bemerken, daß ich bei Antritt meines Gangs die Mauer zur Linken gehabt hatte, indessen sie sich am Ende dann rechterhand befand.

Auch hinsichtlich der Baugestalt des Verlieses war ich einem Irrtum erlegen. Als ich mich an den Wänden hintastete, hatte ich zahlreiche Winkel gefunden und daraus den Eindruck großer Unregelmäßigkeit gewonnen; so mächtig wirkt totale Finsternis auf einen, der aus Betäubung oder Schlaf erwacht! Die Winkel waren schlicht und einfach ein paar geringfügige Vertiefungen oder Nischen, die in unregelmäßigen Abständen auftraten. Im Ganzen hatte das Gefängnis quadratischen Grundriß. Was ich für Mauerwerk gehalten, schien mir nun Eisen zu sein oder irgendein anderes Metall: die Wände bestanden aus riesigen Platten, deren Suturen oder Fugen die genannten Vertiefungen bildeten. Die gesamte Oberfläche dieses erzenen Gelasses trug rüderohe Sudeleien: Abbildungen all jener gräßlichen und abstoßenden Einfälle, die der abergläubischen Grabesphantasie der Mönche entsprungen sind. Teufelsgestalten, drohend fratzenhaft neben Gerippen, und andere realere Schreckensbilder bedeckten und entstellten die Wände. Ich bemerkte, daß die Umrisse dieser Monstrositäten noch hinreichend deutlich waren, indessen die Farben verblaßt und verschwommen schienen, als habe eine feuchtige Atmosphäre hier ihre Wirkung getan. Ich sah mir nun auch den Boden an, der aus Stein bestand. Im Mittelpunkt gähnte das kreisrunde Loch, dessen schlundigem Rachen ich entronnen war; doch war es das einzige in diesem Kerker.

All dies vermochte ich nur undeutlich und mit viel Mühsal zu erkennen: denn während des Schlafes hatte sich meine Situation beträchtlich verändert. Ich lag jetzt auf dem Rücken, lang ausgestreckt auf einer Art niedrigem Rahmengestell aus Holz. Mit einem langen Riemen, der einem Sattelgurt ähnelte, hatte man mich darauf festgeschnallt. Er umschlang mir in zahlreichen Windungen Glieder und Leib, so daß ich einzig den Kopf noch bewegen konnte und meinen linken Arm so weit grad, daß es mir unter großem Kraftaufwand möglich war, mich aus der irdenen Schüssel, die neben mir auf dem Boden stand, mit Nahrung zu versorgen. Zu meinem Schrecken sah ich, daß man den Wasserkrug fortgenommen hatte. Ich sage ›zu meinem Schrecken‹; denn ein schier unerträglicher Durst verzehrte mich. Diesen Durst zu reizen, hatte offenbar in der Absicht meiner Verfolger gelegen; denn das Gericht in der Schüssel bestand aus scharf gewürztem Fleisch.

Aufwärts blickend musterte ich nun die Decke meines Gefängnisses. Sie befand sich einige dreißig oder vierzig Fuß hoch über mir und besaß die etwa gleiche Struktur wie die Seitenwände. Auf einer der Plattentafeln fesselte eine sehr sonderbare Figur meine ganze Aufmerksamkeit. Es war die gemalte Bildgestalt der Zeit, wie sie gemeinhin dargestellt wird, nur daß sie an Stelle der Sense ein Etwas in Händen hielt, das ich beim ersten flüchtigen Blick für die Abbildung eines ungeheuren Pendels hielt, wie man es an altertümlichen Standuhren sieht. Doch hatte dieses Gerät etwas an sich, das mich trieb, es aufmerksamer zu betrachten. Indessen ich so hinaufstarrte (denn es befand sich senkrecht über mir), bildete ich mir auf einmal ein, ich sähe es in Bewegung. Im nächsten Augenblick schon wurde dieser Gedanke zur Gewißheit. Kurz, und natürlich langsam, schwang es hin und her. Ich sah ihm einige Minuten zu, mit leichtem Angstgefühl, doch noch mehr Staunen. Schließlich aber ward ich's müde, das öde Pendeln zu betrachten, und wandte meine Augen den anderen Gegenständen in der Zelle zu.

Ein schwaches Geräusch ließ mich aufmerken, und als ich auf den Boden blickte, sah ich mehrere grausig große Ratten darüber hinhuschen. Sie waren aus dem Brunnen gekommen, der grad rechterhand in meinem

Blickfeld lag. Und eben jetzt, da ich hinübersah, strömten sie in Scharen herauf, ein gieriges Gewimmel, das der Fleischgeruch herangelockt hatte. Es bedurfte vieler Mühe und Aufmerksamkeit, sie von meiner Schüssel zu verjagen.

Eine halbe, vielleicht gar eine ganze Stunde mochte verstrichen sein (mein Zeitgefühl war nur noch unvollkommen), da richtete ich meinen Blick wieder in die Höhe. Was ich nun sah, verwirrte und bestürzte mich zutiefst. Das Pendel schwang um nahezu eine ganze Elle weiter aus. Auch die Geschwindigkeit hatte sich – eine natürliche Folge – beträchtlich vergrößert. Doch was mich am meisten verstörte, war der Gedanke, daß es sich merklich *gesenkt* habe. Ich bemerkte nun – mit welchem Entsetzen, bedarf wohl keiner besonderen Erwähnung – daß sein unteres Ende von einer Halbmondsichel aus glitzerndem Stahl gebildet ward, die von Horn zu Horn wohl einen Fuß in der Länge maß; die Hörner waren nach oben gerichtet, und der Bogen unten schien so scharf zu sein wie die Schneide eines Rasiermessers. Gleichfalls wie ein Rasiermesser mutete es massig und schwer an, denn nach oben zu verbreiterte sich die Schneidkante zu einem festen und starken Rücken. Es hing am Ende einer gewichtigen Bronzestange, und das Ganze *zischte*, als es durch die Luft schwang.

Nun konnte ich nicht länger zweifeln, welches Schicksal mir die geniale Marterphantasie der Mönche bestimmt hatte. Die Schergen der Inquisition hatten erfahren, daß mir die Grube nicht verborgen geblieben war – *die Grube*, deren Schrecken man einem so verstockten Ketzer wie mir zugedacht hatte – *die Grube*, Sinnbild der Hölle, die das Gerücht als aller Qualen Ultima Thule betrachtete. Bloße Zufälle nur hatten meinen Sturz in diesen Schlund verhütet, und ich wußte, daß Überraschung, daß blindes Hineintappen in die Folterfalle ein wichtiges Moment im grausig-grotesken Plan dieser Kerkertode bildete. Nachdem ich nun leider nicht hinabgestürzt war, konnte es nicht mehr in der Absicht dieser Teufel liegen, mich gewaltsam in den Abgrund zu treiben, und da dieser Tod nicht seinesgleichen hatte, erwartete mich also ein anderes und milderes Ende. Milder! In all meiner Qual mußte ich doch fast lächeln, als ich bedachte, wie sonderbar sich ein solcher Ausdruck in solcher Lage ausnahm.

Was frommt es, von den langen, langen Stunden mehr denn mörderischen Horrors zu berichten, während welcher ich die sausenden Schwingungen des Strahles zählte! Zoll um Zoll – Strich um Strich – so langsam, daß es nur in Abständen merklich war, die mir wie Ewigkeiten schienen – senkte er sich tiefer und immer tiefer! Tage verstrichen – ja, es mag sein, daß viele Tage verstrichen – ehe er so dicht über mir schwang, daß mich sein beißender Atem traf. Der Ruch des geschärften Stahles drang mir in die Nüstern. Ich betete – ich quälte den Himmel mit meinem Flehen um ein rascheres Sinken des Pendels. Rasender Wahnsinn packte mich, und mit aller Kraft versuchte ich, mich aufzubäumen gegen die grausame Säbelsichel, damit ihr Streich mich eher erreiche. Und dann kam plötzlich Stille über mich, und lächelnd lag ich unter dem glitzernden Tode und schaute ihm zu wie ein Kind einem seltenen Spielzeug.

Ein weiteresmal umfing mich tiefe Bewußtlosigkeit; doch sie währte nur kurze Zeit; denn als mir die Lebensgeister wiederkehrten, hatte sich das Pendel nicht merklich weiter gesenkt. Freilich mag sie ebensogut auch lange gedauert haben, denn ich wußte ja, es wachten Teufel über mir, die meine Ohnmacht beobachtet und das Schwingen ganz nach Belieben zum Stillstand gebracht haben konnten. Auch fühlte ich mich, da ich wieder zu mir gekommen, sehr – oh, unaussprechlich krank und schwach, als liege die Entkräftung langen Siechtums hinter mir. Selbst jetzt jedoch, inmitten all der Qualen, verlangte die menschliche Natur nach Nahrung. Unter Mühe und Schmerzen streckte ich den linken Arm so weit aus, wie meine Bande es zuließen, und griff nach dem schmalen Essensrest, den mir die Ratten übriggelassen. Als ich ein Bißchen davon mir zwischen die Lippen schob, huschte – noch fast gestaltlos – ein Gedanke der Freude – der Hoffnung hin durch mein Hirn. Doch was hatte *ich* mit Hoffnung zu schaffen? Es war, so sagte ich, ein noch fast gestaltloser Gedanke – deßgleichen der Mensch gar viele hat, ohne daß sie sich je vollenden. Ich fühlte nur, daß Freude darin war – und Hoffnung; doch gleichso fühlt' ich auch, daß er vergangen war, noch ehe er sich klar gestaltet hatte. Vergebens kämpfte ich, ihn zu vollenden – ihn wiederzugewinnen. Das lange Leiden hatte alle Geisteskräfte, die mir gewöhnlich eigen, fast zunichte gemacht. Ich war verblödet – war ein Idiot.

Das Pendel schwang rechtwinklig quer über meinen lang ausgestreckten Körper hin. Ich sah, der Sichel war bestimmt, mich in der Herzgegend zu treffen. Sie würde den Serge meines Kittels aufschürfen – sie würde zurückschwingen und ihr Werk fortsetzten – weiter – immer weiter. Ungeachtet ihrer schrecklichen Schwingungsweite (von einigen dreißig Fuß oder mehr) und der zischenden Wucht ihres Niedersausens, die recht wohl hingereicht hätte, die eisernen Kerkerwände selber zu zerschneiden, würde doch das Aufreißen meines Kittels alles sein, was sie innerhalb der ersten Minuten bewirkte. Und bei diesem Gedanken hielt ich inne. Ich wagte nicht, darüber hinauszudenken. Mit so verbohrter Inbrunst hielt ich an ihm fest – als könnte ich damit das stählerne Verhängnis selbst an dieser Stelle aufhalten. Ich zwang mich, über den Klang der Sichel nachzusinnen, der entstehen würde, wenn sie dann über meine Gewandung fuhr, – die eigentümlich prickelnde Wirkung mir vorzustellen, welche die Reibung von Tuch auf die Nerven ausübt. All dieser Tand beschäftigte meine Gedanken, bis mir die Zähne knirschten.

Und nieder kam's geschlichen – unablässig nieder.

Ich fand ein wahnwitziges Vergnügen daran, die Geschwindigkeit der senkrechten Bewegung mit jener der waagrechten zu vergleichen. Nach rechts – nach links – herüber und hinüber – mit dem sausenden Kreischen einer verdammten Seele; meinem Herzen zu mit dem heimlichen Schleichschritt des Tigers! Abwechselnd lachte ich und heult' ich auf, je nachdem welche Vorstellung in meinen Gedanken die Oberhand gewann.

Und nieder kam's – ja, unbarmherzig nieder! Schon schwang's drei Zoll weit über meiner Brust! Ich rang nach Kräften, wild, meinen linken Arm zu befreien. Dieser war frei nur vom Ellbogen bis zur Hand. Mit Mühe und Not vermochte ich die letztere von der Schüssel neben mir zum Munde zu führen, doch weiter nicht. Wär's mir gelungen, die Fesseln über dem Ellbogen zu sprengen, so hätte ich das Pendel ergriffen und versucht, es zum Stillstand zu bringen. Doch ebenso wohl hätt' ich versuchen können, einer Lawine Einhalt zu tun!

Und nieder – stetig nieder – unentrinnbar nieder! Bei jeder Schwingung bäumte ich mich auf und rang nach Luft. Ein Schauder, konvulsivisch, überlief bei jedem neuen Schwunge meinen Leib. Meine Augen folgten dem Auf- und Niedersausen mit der Begier der fadesten Verzweiflung; sie schlossen sich im Krampfe, wenn's hernieder kam, obschon der Tod eine – oh, wie unsagbare Erlösung gewesen wäre! Doch gleichwohl bibberte mir jede Fiber bei dem Gedanken, wie schon ein leichtes Sinken der Maschinerie die scharfe, funkelnde Axt auf meinen Busen stürzen lassen würde. Es war die *Hoffnung*, die meine Nerven zum Erzittern trieb – den Leib zum Schaudern. Es war die *Hoffnung* – die Hoffnung, die noch über die Folter triumphiert – deren Flüstern selbst den zum Tode Verurteilten noch in den Kerkern der Inquisition erreicht.

Ich sah, daß einige zehn oder zwölf Schwingungen den Stahl nun unweigerlich mit meinem Kittel in Berührung bringen würden, und mit dieser Feststellung kam plötzlich die ganze strenge und gefaßte Ruhe der Verzweiflung über meinen Geist. Zum erstenmal seit vielen Stunden wieder – vielleicht seit Tagen – *dachte* ich. Da ging mir jetzt denn auf, daß die Riemenfessel – der Sattelgurt, wie ich's nannte – mich *in einem* Stück umschlang. Ich war mit keinem anderen Strick gebunden. Der erste Streich der rasiermesserscharfen Sichel über irgendeine Stelle der Fessel würde sie dort so weit lösen, daß ich mich mit der linken Hand aus der Umschlingung müßte befreien können. Doch wie entsetzlich war in solchem Falle die Nähe des Stahls! Wie tödlich mußte selbst das kleinste Zucken enden! War's überdem wahrscheinlich, daß die Schergen der Peiniger diese Möglichkeit übersehen und ihr nicht vorgebeugt haben sollten? War's anzunehmen, daß die Fessel grad in der Spur des Pendels über meine Brust lief? Voller Angst, meine schwache und, wie es schien, nun letzte Hoffnung zuschanden werden zu sehen, hob ich so weit den Kopf, daß ich einen bestimmten Blick auf meine Brust tun konnte. Der Gurt umschlang meine Glieder und meinen Leib in dichten Windungen schier überall – *nur dort nicht, wo die vernichtende Sichel auftreffen mußte!*

Kaum hatte ich meinen Kopf in die ursprüngliche Lage zurücksinken lassen, da blitzte etwas in meinem Hirne auf, das ich nicht besser zu beschreiben vermag denn als die Gestalt jenes fast noch gestaltlosen Rettungsgedankens, von dem ich weiter oben gesprochen und der mir nur in unbestimmtem Umriß sichtbar geworden war, als ich meinen brennenden Lippen Nahrung zuführte. Nun war es mir ganz gegenwärtig – noch immer schwach, kaum gänzlich übersehbar, kaum definitiv – doch war er da und blieb. Alsbald denn ging ich, mit der nervigen Tatkraft der Verzweiflung, an den Versuch, ihn auszuführen.

Viele Stunden lang schon hatte die unmittelbare Umgebung des niedrigen Holzgestells, auf dem ich lag, buchstäblich von Ratten gewimmelt. Sie waren wild, dreist, beutegierig; und ihre roten Augen glitzerten mich an, als warteten sie nur darauf, daß meine Bewegungen aufhörten, um sich sodann alsbald auf mich zu stürzen. »Von welcher Nahrung«, dachte ich, »haben sie wohl in dem Brunnenloche gelebt?«

Trotz aller meiner Anstrengungen, sie zu hindern, hatten sie den gesamten Inhalt der Schüssel bis auf einen schmalen Rest verschlungen. Ich war dazu übergegangen, beständig die Hand über dem Napfe hin und her zu schwenken; doch schließlich hatte die unbewußte Einförmigkeit der Bewegung diese um ihre Wirkung gebracht. In ihrer Gefräßigkeit schlugen die widerlichen Tiere häufig die scharfen Fangzähne in meine Finger. Mit den Überbleibseln der öligen und kräftig duftenden Fleischspeise rieb ich nun meine Fesseln überall ein, wo ich sie erreichen konnte; dann hob ich die Hand vom Boden und lag mit angehaltenem Atem da.

Anfangs waren die gierigen Tiere beunruhigt und erschrocken über die Veränderung – über das Aufhören der Bewegung. Sie fuhren bestürzt zurück; viele suchten den Brunnen wieder auf. Doch das währte nur einen Augenblick. Ich hatte nicht umsonst auf ihre Gefräßigkeit gerechnet. Als sie merkten, daß ich ohne Bewegung blieb, sprang eine, sprangen zwei der dreistesten auf das Gestell und schnupperten an der Fessel. Dies schien das Signal für einen allgemeinen Ansturm. In hellen Scharen stürzten sie aus dem Brunnenloch herbei. Sie hängten sich an das Holz – sie stürmten das Gestell und warfen sich zu Hunderten auf mich. Die gemessene Bewegung des Pendels störte sie nicht im mindesten. Sie wichen seinen Streichen aus und machten sich begierig über die eingeschmierte Fessel her. Sie drangen auf mich ein – sie wimmelten über mich hin – in dauernd wachsenden geballten Haufen. Sie wanden sich über meiner Kehle; ihre kalten Lippen suchten die meinen; halb war ich erstickt unter ihrem würgenden Druck; ein Ekel, für den die Welt keinen Namen hat, preßte mir die Brust zusammen und jagte eisige Schauer durch mein Herz. Doch fühlte ich's: eine Minute noch, und das Ringen würde vorüber sein. Ganz deutlich spürte ich schon, wie die Fessel sich löste. Ich wußte, daß sie an mehr als einer Stelle bereits zernagt sein mußte. Mit übermenschlicher Beherrschung lag ich *still.*

Meine Berechnungen hatten mich nicht getäuscht – noch hatt' ich umsonst geduldet. Ich fühlte endlich, daß ich *frei* war. Der Gurt hing mir in Fetzen vom Leibe. Doch schon bedrängte mir der Streich des Pendels die Brust. Er hatte den Serge meines Kittels geteilt. Es hatte das Leinenzeug darunter durchschnitten. Zweimal noch schwang es aus, und ein scharfer Schmerz fuhr mir durch alle Nerven. Doch der Moment der Rettung war gekommen. Auf ein Schwenken meiner Hand hin fuhren meine Befreier in ungestümem Getümmel auseinander. In gleichmäßiger Bewegung – vorsichtig, schaudernd, langsam – glitt ich aus der Umschlingung der Fessel auf die Seite und aus der Reichweite der sausenden Sichel. Für den Augenblick wenigstens *war ich frei.*

Frei! – und im Klauengriff der Inquisition! Kaum war ich von meinem hölzernen Schreckensbette auf den Steinboden des Gefängnisses getreten, als die höllische Maschinerie in ihrer Bewegung innehielt und ich gewahrte, wie sie von unsichtbarer Kraft durch die Decke emporgezogen wurde. Dies war eine Lehre, welche ich mir verzweifelt zu Herzen nahm. Unzweifelhaft ward jede meiner Regungen belauert. Frei! – ach, ich war nur dem Tode, war nur einer Art der Qual entronnen, um Schlimmerem als dem Tod und schlimmeren Qualen anheimzufallen. Bei diesem Gedanken glitten meine Blicke verstört an den Schranken von Eisen rundum entlang, die mich umschlossen. Etwas Ungewöhnliches – eine Veränderung, welche ich anfangs noch gar nicht genau hätte bezeichnen können – war mit dem Raume vor sich gegangen; das zeigte sich unverkennbar. Minuten träumerischen, wie gelähmten Sinnens lang plagte mein Argwohn sich mit vergeblichen, zusammenhangslosen Mutmaßungen ab. Während dieser Zeit gewahrte ich zum erstenmal den Ursprung des schwefligen Lichtes, welches die Zelle erhellte. Es ging von einer Ritze aus, die – wohl einen halben Zoll breit – rund um das ganze Gefängnis an der Basis der Wände verlief und den Eindruck erweckte, ja tatsächlich bewies, daß diese vollkommen vom Boden getrennt waren. Ich mühte mich, durch die Öffnung zu spähen, doch war das natürlich vergebens.

Als ich mich von dem Versuche erhob, ging mir mit einemmale das Geheimnis der Veränderung in der Kammer auf. Ich erzählte bereits, daß, obschon die Umrisse der Figuren an den Wänden hinreichende Deutlichkeit hatten, die Farben doch verblaßt und verschwommen schienen. Diese Farben hatten nun angefangen zu leuchten und gewannen von Augenblick zu Augenblick einen erschreckend grellen Glanz, welcher den gespenstischen und teuflischen Bildnissen ein Aussehen verlieh, geeignet, selbst stärkere Nerven denn meine eignen erschauern zu lassen. Dämonische Augen voll wilder und gräßlicher Lebendigkeit funkelten mich von überall her an, wo vorher nichts zu sehn gewesen war, und glommen in so bleichem Feuerschimmer, daß ich meine Phantasie nicht mehr zu zwingen vermochte, sie für unwirklich zu halten.

Unwirklich! – Noch rang ich keuchend nach Atem, da stieg ein Dunstruch von erhitztem Eisen mir in die Nüstern! Ein erstickender Qualm durchdrang die Kerkerzelle! Und glühender glommen in jedem Augenblick die Augen-Blicke, die ringsherum auf meine Qualen starrten! Ein tiefer getöntes Rot noch ergoß sich über die gemalten Blutesgreuel. Mein Herzschlag raste! Ich lechzte schnappend nach Luft! Kein Zweifel konnte mehr sein an der Absicht meiner Peiniger – oh! der Unerbittlichsten! oh! der Besessensten der Menschen! Ich wich vor dem glühenden Metall in die Mitte der Zelle zurück. Und mitten in der feuerlichen Vernichtung, die mir drohte, kam der Gedanke an die Kühle des Brunnens wie Balsam über meine Seele. Ich eilte an seinen tödlichen Rand. Ich warf einen bohrenden Blick in die Tiefe. Der Schein, der von der flammenden Decke niederfiel, erhellte seine innersten Winkel. Doch einen wilden Moment lang weigerte sich mein Geist, die Bedeutung dessen zu fassen, was ich sah. Gewaltsam bahnte es sich schließlich seinen Weg in meine Seele – es brannte sich in mein erschauernd Hirn. – Oh! hätt' ich Worte, könnt' ich's nur beschreiben! – oh! Grauen! – jeglich Grauen! nur nicht dies! Mit einem Schrei fuhr ich von der Kante zurück. Ich begrub mein Gesicht in den Händen – und weinte bitterlich.

Die Hitze nahm rasend zu, und zitternd, wie in einem Anfall von Fieberfrost, blickt' ich noch einmal empor. Da hatte sich die Zelle abermals verändert – und diesmal lag die Veränderung ersichtlich in der *Form*. Wie vorher war's zu Anfang ganz vergeblich, daß ich mich bemühte, zu übersehen oder zu verstehen, was vor sich ging. Doch nicht lange ward ich im Zweifel gelassen. Mein zwiefaches Entkommen hatte die Rache der Inquisition beschleunigt; nicht länger mehr sollte der König der Schrecken mit sich tändeln lassen. Der Raum war quadratisch gewesen. Nun aber sah ich, daß zwei seiner eisernen Winkel spitzer geworden waren – die beiden anderen entsprechend stumpf. Die schreckliche Verschiebung wuchs mit einem leisen rasselnden oder ächzenden Geräusch. Im Augenblicke hatte sich der Grundriß des Gemachs in einen Rhombus verwandelt. Doch dabei blieb es nicht – und ich hatte auch weder gehofft noch ersehnt, daß es dabei bleibe. Ich hätte die rotglühenden Wände meinen Busen wie ein Gewand der ewigen Ruhe umklammern lassen können. »Tod«, sprach ich, »jeden Tod – nur den nicht in der Grube!« Narr, der ich war! hätte ich nicht wissen können, daß grad *in die Grube* mich zu treiben, der Zweck der brennenden Wände war? Konnt' ich denn ihrem Glühen widerstehen? und konnt' ich, wenn selbst dies, dem ehernen Drucke Stand halten? Schon ward der Rhombus flacher, immer flacher – mit einer Schnelle, die mir nicht mehr Zeit zum Überlegen ließ. Sein Mittelpunkt, mithin seine größte Weite, lag grad über dem gähnenden Abgrund. Ich fuhr zurück davor – doch die sich verengenden Wände trieben mich unwiderstehlich darauf zu. Schließlich besaß mein versengter und schmerzgekrümmter Leib nicht einen Zoll mehr Fußhalt auf dem sichern Boden der Zelle. Da gab ich den Kampf denn auf; doch die Qual meiner Seele machte sich Luft in einem einzigen langen, lauten, letzten Schrei der Verzweiflung. Ich fühlte's, ich wankte – die Kante – ich wandte die Augen ab –

Da scholl es verworren heran – ein Summen von Stimmen! Da rauschte ein lauter Tusch von vielen Trompeten! Da rollte ein rauhes Grollen als wie von tausend Donnern! Die feurigen Wände wichen! Ein ausgestreckter Arm ergriff den meinen, da mir eben die Sinne schwanden und der Schlund mich umfing. Es war der Arm von General Lasalle. Die Franzosen-Armee hatte Toledo besetzt. Die Inquisition war in den Händen ihrer Feinde.

Das verräterische Herz

Wahrhaftig! – reizbar – sehr, fürchterlich reizbar warn meine Nerven gewesen, und sie sind es noch; doch warum meinen Sie, ich sei verrückt? Das Leiden hat meine Sinne geschärft – und keineswegs zerrüttet oder abgestumpft. Schier unvergleichlich scharf war mein Gehörssinn. Ich hörte alle Dinge im Himmel und auf Erden. Ich hörte viele Dinge in der Hölle. Wie? – bin ich darum verrückt? Geben Sie acht! und merken Sie auf, wie grundgesund – wie ruhig ich Ihnen die ganze Geschichte erzählen kann.

Wie der Gedanke zum erstenmal in mein Hirn drang, läßt sich unmöglich sagen; doch nachdem ich ihn einmal gefaßt, verfolgte er mich ständig Tag und Nacht. Ein Zweck war nicht dabei. Auch keine Leidenschaft. Ich mochte den alten Mann gern. Er hatte mir niemals Unbill zugefügt. Er hatte mich nie beleidigt. Nach seinem Geld gelüstete mich's nicht. Ich denke, es war sein Auge! ja, das war's! Er hatte das Auge eines Geiers – ein blaßblaues Auge mit einem Häutchen darüber. Sooft dessen Blick auf mich fiel, überlief es mich kalt; und so kam ich denn nach und nach – ganz langsam und allmählich – zu dem Entschlusse, dem alten Mann das Leben zu nehmen und somit des Auges auf immer ledig zu werden.

Hier liegt nun der springende Punkt. Sie meinen, ich sei verrückt. Verrückte sind Wirrköpfe. Nun, da hätten Sie aber einmal *mich* sehen sollen! Sie hätten sehen sollen, wie klug ich vorging – mit welcher Vorsicht – mit welch weiser Voraussicht – mit welcher Verstellung ich zu Werke ging! Nie war ich freundlicher zu dem alten Manne denn während der einen ganzen Woche, eh' ich ihn mordete. Und jede Nacht, um Mitternacht, drückt' ich die Klinke seiner Türe nieder und öffnete sie – oh, so sanft! Und wenn ich sie dann so weit geöffnet, daß mein Kopf hindurchpaßte, steckte ich eine Blendlaterne hinein – die ganz dicht geschlossen war, so daß kein Schein nach außen dringen konnte – und dann den Kopf hinterher. Oh, wenn Sie gesehen hätten, wie listig ich das anfing, – Sie hätten lachen müssen! Ich bewegte ihn ganz langsam – ganz, ganz langsam – um ja den alten Mann nicht im Schlafe zu stören. Es kostete mich eine Stunde, bis ich den Kopf zur Gänze so weit durch die Öffnung gebracht hatte, daß ich den Alten sehen konnte, wie er auf seinem Bette lag. Ha! – wäre wohl ein Verrückter so klüglich verfahren? Und dann, wenn ich den Kopf so recht im Raume hatte, blendete ich behutsam die Laterne auf – oh, so behutsam – behutsam (denn die Scharniere knarrten) blendete ich sie grad so weit auf, daß ein einziger dünner Strahl auf das Geierauge fiel. Und dieses tat ich sieben lange Nächte lang – stets just um Mitternacht – doch immer fand ich das Auge geschlossen; und so war es unmöglich, zu Werke zu gehen; denn es war ja nicht der alte Mann, der mich quälte, es war sein Böses Auge, war sein Böser Blick. Und jeden Morgen, wenn der Tag dann anbrach, ging ich kühn in seine Kammer und unterhielt mich dreist mit ihm, indem ich ihn in herzlichem Tone beim Namen nannte und mich erkundigte, wie er die Nacht verbracht habe. Sie sehen also – er wäre schon ein sehr schlauer alter Mann gewesen, hätte er geargwöhnt, daß ich in jeder Nacht, genau um zwölf, geschlichen kam, um ihn im Schlaf zu betrachten.

In der achten Nacht war ich beim Öffnen der Türe noch vorsichtiger als gewöhnlich. Der Minutenzeiger einer Uhr bewegt sich geschwinder, denn ich es tat. Niemals vor dieser Nacht noch hatte ich das Ausmaß meiner eigenen Kräfte und meines Scharfsinns so tief empfunden. Kaum vermochte ich meinen Triumphgefühlen zu gebieten. Zu denken, daß ich hier war und langsam, Stück um Stückchen, die Türe öffnete – und daß er nicht einmal im Traume etwas von meinen heimlichen Taten und Gedanken ahnte! Ich mußte förmlich kichern bei dieser Vorstellung; und vielleicht hörte er mich; denn ganz plötzlich bewegte er sich auf dem Bette, als habe ihn etwas aufschrecken lassen. Nun denken Sie wohl, ich hätte mich zurückgezogen – aber keineswegs! In seinem Zimmer herrschte eine Finsternis von dichter Pechesschwärze (denn die Läden waren fest geschlossen, aus Furcht vor Einbrechern), und so wußte ich, daß er's nicht sehen konnte, wenn die Tür sich öffnete, und fuhr denn also fort, sie weiter, immer weiter aufzuschieben.

Ich hatte den Kopf schon drinnen und war eben dabei, die Laterne zu öffnen, da glitt mein Daumen auf dem blechernen Riegel ab, und der alte Mann fuhr im Bette hoch und schrie – »Wer ist dort?«

Ich blieb ganz still und gab keine Antwort. Eine geschlagene Stunde lang bewegte ich keinen Muskel, und während dieser ganzen Zeit hörte ich nicht, daß er sich wieder legte. Er saß noch immer aufrecht in seinem Bett und lauschte; – grad so wie ich es, Nacht um Nacht, getan, das Klopfen der Totenuhren in der Wand zu behorchen.

Jetzt vernahm ich ein leichtes Stöhnen, und ich wußte, es war ein Stöhnen tödlichen Entsetzens. Es war kein Laut des Schmerzes oder Kummers – oh, nein! – es war der leise erstickte Laut, der vom Grunde der Seele sich löst, wenn übermächtiges Grauen auf ihr lastet. Ich kannte diesen Laut nur allzu gut. So manche Nacht schon, grad um Mitternacht, wenn alle Welt schlief, ist er im eigenen Busen mir heraufgestiegen und hat mit seinem fürchterlichen Echo die Schrecken noch vertieft, die mich verstörten. Ich sage, ich kannte ihn gut. Ich wußte, was der alte Mann empfand, und eigentlich tat er mir leid, wiewohl in meinem Herzen ein Kichern saß. Ich wußte, daß er wachgelegen hatte – seit jenem ersten leise-leichten Geräusch, mit dem er sich im Bett herumgedreht. Und unablässig seither war die Angst in ihm gewachsen. Er hatte sich vorzustellen versucht, daß sie grundlos sei, doch war's ihm nicht gelungen. »Es ist nichts denn der Wind im Kamine«, hatte er sich zugeredet, »es ist nur eine Maus, die über den Boden läuft« oder »es ist bloß ein Heimchen, das einen einzigen Zirper getan hat.« Ja, mit derlei Mutmaßungen hatte er sich zu trösten versucht: doch war das alles vergeblich gewesen. *Vergeblich* alles: denn der Tod war zu ihm getreten und vor ihm hergeschritten und hatte mit seinem schwarzen Schatten das Opfer eingehüllt. Und es war die Trauerwirkung dieses unsichtbaren Schattens, welche ihn die Anwesenheit meines Kopfes in der Kammer *empfinden* ließ, obschon er sie weder sah noch hörte.

Nachdem ich lange Zeit in aller Geduld gewartet, ohne zu vernehmen, daß er sich niederlegte, beschloß ich, die Laterne um einen kleinen – um einen ganz, ganz kleinen Spalt zu öffnen. Ich tat's – und Sie können sich nicht vorstellen, wie – *wie* verstohlen und leise – bis schließlich ein einziger trüber Strahl, dünn wie ein Spinnwebfaden, aus der Ritze schoß und voll auf das Geierauge fiel.

Es war offen – weit, weit offen – und Wut überkam mich, da ich darauf starrte. Ich sah es mit vollendeter Deutlichkeit – das häßliche bläßliche Blau – mit der scheußlichen Häutchenhülle darüber, deren Anblick mich bis ins Mark der Knochen frösteln ließ; doch von Gesicht oder Gestalt des alten Mannes vermochte ich weiter nichts zu erblicken: denn ganz wie instinktiv hatte ich den Strahl genau auf jenen verfluchten Fleck gerichtet.

Und habe ich Ihnen nicht gesagt, daß was Sie fälschlich für Verrücktheit nehmen, nichts ist denn eine Überschärfe der Sinne? – jetzt sag' ich, jetzt drang mir zu Ohr ein leiser, dumpfer, hastiger Pochlaut, wie eine Uhr ihn hören läßt, wenn man sie in Kattun gewickelt hat. Ich kannte auch *diesen* Laut sehr gut. Es war das Herz des alten Mannes, das da schlug. Es steigerte meine Wut, wie Trommelschlag den Mut des Soldaten aufspornt.

Aber selbst jetzt noch hielt ich an mich und blieb still. Ich atmete kaum. Die Laterne bewegte sich nicht. Ich versuchte, wie unverrückbar still ich den Strahl auf das Auge gerichtet halten konnte. Derweilen wuchs das höllische Getrommel des Herzens immer mehr. Es wurde rascher und rascher in jedem Augenblick und lauter und immer lauter. Des alten Mannes Entsetzen muß schier ohne Maß gewesen sein! Lauter, so sagte ich, pocht' es, lauter in jedem Moment! – hören Sie auch gut zu? Ich sagte Ihnen doch, daß meine Nerven reizbar sind: das sind sie. Und nun, um die Mittstunde der Nacht, von der furchtbaren Stille jenes alten Hauses umlauert, erregte mich dies sonderbare Geräusch bis zu unbezähmlichem Entsetzen. Doch abermals noch hielt ich minutenlang an mich und stand regungslos. Aber das Schlagen ward lauter, lauter! Ich dachte, das Herz müßte mir zerspringen. Und nun packte mich eine neue Sorge – ein

Nachbar könnte das laute Pochen hören! Die Stunde des alten Mannes war gekommen! Mit einem Gellschrei riß ich die Laterne auf und sprang ins Zimmer. Er kreischte – einmal – doch nur einmal noch. Im Augenblick hatte ich ihn auf den Boden gezerrt und das schwere Deckbett über ihn geworfen. Dann lächelte ich fröhlich, daß die Tat so weit getan war. Minutenlang noch freilich schlug das Herz mit dumpf gedämpftem Pochen weiter. Doch störte das mich nicht; durch die Wand hindurch würde man es nicht hören. Endlich dann setzte es aus. Der alte Mann war tot. Ich zog das Bett zurück und untersuchte den Leichnam. Ja, er war tot, mausetot. Ich legte die Hand auf sein Herz und ließ sie mehrere Minuten lang darauf ruhen. Kein Pulsschlag war zu spüren. Er war mausetot. Sein Auge würde mich nie mehr plagen.

Sollten Sie noch immer der Ansicht sein, ich sei verrückt, so werden Sie sofort anders denken, wenn ich Ihnen die raffinierten Vorsichtsmaßnahmen beschreibe, die ich nun ergriff, die Leiche zu verbergen. Die Nacht schritt voran, und ich arbeitete hastig, doch in aller Stille. Zuerst zerlegte ich den Leichnam. Ich schnitt den Kopf herab sowie die Arme und Beine.

Dann hob ich drei Bohlen im Fußboden der Kammer auf und deponierte alles zwischen den Verbundstücken. Darauf brachte ich die Bretter so geschickt, so fachkundig wieder an ihre Stelle, daß kein menschliches Auge – nicht einmal *seines* – etwas Unrechtes daran hätte entdecken können. Es gab nichts wegzuwaschen – kein Fleckchen – keinerlei Blutspur. Dazu war ich denn doch zu schlau gewesen. Ein Zuber hatte alles derartige aufgenommen – ha! ha!

Als ich diese Arbeit zu Ende gebracht hatte, war es vier Uhr – und noch so finster wie um Mitternacht. Als die Glocke eben die Stunde schlug, ertönte ein Klopfen von der Haustür herauf. Ich ging mit leichtem Herzen hinunter, zu öffnen – denn was hatte ich *nun* noch zu fürchten? Drei Männer traten ein, die sich mit vollendeter Liebenswürdigkeit als Beamte der Polizei vorstellten. Ein Schrei sei während der Nacht von einem Nachbarn vernommen worden; er habe Verdacht geschöpft, es könne da etwas faul sein; so sei denn Anzeige erstattet worden auf dem Polizeibüro, und sie (die Beamten) habe man abgeordnet, der Sache an Ort und Stelle nachzugehen.

Ich lächelte – denn *was* hatte ich wohl zu fürchten? Ich bat die Herren herein. Der Schrei, so sagte ich, sei mir selber im Traume entfahren. Der alte Mann, erwähnte ich, sei auf das Land gereist. Ich führte meine Besucher durch das ganze Haus. Ich bat sie, doch zu suchen – recht genau zu suchen. Ich zeigte ihnen schließlich *seine* Kammer. Ich wies ihnen seine Schätze – sicher, unversehrt. Im Vollgefühle meines Selbstvertrauens holte ich Stühle ins Zimmer und drängte sie, doch *hier* von ihren Mühen auszuruhen, indessen ich selber im wilden Rausch meines vollkommenen Triumphes meinen eigenen Stuhl genau auf die Stelle rückte, darunter die Leiche des Opfers ruhte.

Die Beamten waren zufrieden. Mein *Verhalten* hatte sie überzeugt. Ich fühlte mich bei blendender Laune. Sie nahmen Platz, und während ich heiter und gelassen antwortete, schwatzten sie über alle möglichen Alltäglichkeiten. Doch gar nicht lange, so spürte ich, wie ich bleich ward, und wünschte sie fort. Mein Kopf schmerzte, und in den Ohren glaubte ich ein Klingen zu hören: doch sie saßen fest und schwatzten weiter. Das Klingen ward deutlicher: – es dauerte an und ward immer deutlicher: ich redete munterer kreuz und quer, um das Gefühl loszuwerden: doch es dauerte an und gewann Entschiedenheit – bis ich denn schließlich merkte: das Geräusch war *nicht* in meinen Ohren!

Zweifellos wurde ich nun überaus bleich; – doch flüssiger noch plauderte ich dahin und mit erhobener Stimme. Doch das Geräusch nahm zu – was konnt' ich nur tun? Es war ein *leiser, dumpfer, hastiger Pochlaut, wie eine Uhr ihn hören läßt, wenn man sie in Kattun gewickelt hat!* Ich rang nach Atem – und doch vernahmen's die Beamten nicht. Ich redete geschwinder – vehement; doch das Geräusch nahm immer weiter zu. Ich sprang vom Stuhle auf und disputierte über Nichtigkeiten, in hochgestochenem Ton und hitzigen Gebärden; doch das Geräusch nahm immer weiter zu. Warum nur wollten sie nicht gehen? Ich ging mit schweren Schritten auf und ab, wie wenn die Bemerkungen der Männer mich in Wut gebracht hätten – doch das Geräusch nahm immer weiter zu. Oh Gott!

was *konnte* ich tun? Ich schäumte – ich tobte – ich fluchte! Ich schwang den Stuhl in die Höhe, auf dem ich gesessen hatte, und schmetterte ihn krachend auf die Bretter, doch das Geräusch nahm zu und übertönte alles. Es wurde lauter – lauter – wurde immer lauter! Und immer noch schwatzten die Männer munter vor sich hin und lächelten. War es denn möglich, daß sie gar nichts hörten? Allmächtiger Gott! – nein, nein! Sie hörten's wohl! – sie hatten schon Verdacht! – sie *wußten*! – sie machten sich nur lustig über mein Entsetzen! – so dacht' ich, und so denke ich noch jetzt. Doch alles lieber noch als diese Qual! Alles ertragen – nur nicht diesen Spott! Ich hielt dies gleisnerische Lächeln nicht mehr aus! Ich fühlt's, ich mußte schreien oder sterben! und nun – horch! – wieder! – lauter! lauter! *lauter!* »Ihr Schurken!« kreischt' ich, »laßt die Heuchelei! Ich will die Tat gestehn! – hier! reißt die Bohlen auf! – hier schlägt's! – hier schlägt sein fürchterliches Herz!«

Der schwarze Kater

Für die höchst schauerliche und doch so schlichte Erzählung, die ich hier niederzuschreiben mich anschicke, erwart' ich weder noch erbitt' ich Glauben. Toll wahrlich müßte ich sein, darauf zu rechnen – in einem Fall, wo sich ja selbst die eignen Sinne sträuben, das Wahrgenommene für wahr zu nehmen. Doch toll bin ich gewiß nicht – und gewiß auch träum' ich nicht. Aber nun sterb' ich morgen, und so wollte ich heute noch meine Seele erleichtern. Mein Zweck ist dabei geradheraus der, in offener, kurz- und bündiger Weise und ohne Drumherum eine Reihe von bloßen Alltagsereignissen vor der Welt auszubreiten. In ihren Folgen haben diese Ereignisse mich entsetzt – mich gefoltert – mich innerlich zerrüttet und zerstört. Doch will ich nicht versuchen, sie zu deuten. Mir selber haben sie kaum anderes als Grauen gebracht – vielen dagegen werden sie wohl weniger schrecklich denn *baroques* vorkommen. Vielleicht ja findet sich hiernach auch ein Verstand, der meine Phantasmen aufs Gewöhnliche zurückführt, – ein Kopf, der ruhiger, der logischer und der weit weniger erreglich ist als meiner und der in den Umständen, die ich mit Grauen hier erzähle, nichts mehr erblickt denn eine gewöhnliche Folge von ganz natürlichen Ursachen und Wirkungen.

Von Kindheit auf schon war ich bekannt für mein lenksames und menschenliebendes Wesen. Meine Herzensweichheit gar trat so auffällig hervor, daß ich darob von meinen Kameraden oft gehänselt wurde. Ich liebte vor allem die Tiere, und der Nachsicht meiner Eltern verdankte ich's, daß in unserm Hause zahlreiche vierbeinige Gefährten um mich waren. Mit ihnen verbrachte ich den größten Teil meiner Zeit, und kein größeres Glück kannt' ich, als sie füttern und streicheln zu dürfen. Diese Charaktereigenart wuchs mit mir, und da ich zum Manne geworden, bildete sie mir eine der Hauptquellen des Vergnügens. Allen denen, die einmal Zuneigung zu einem treuen und klugen Hunde hegten, brauche ich wohl kaum eigens die Natur beziehungsweise die Intensität der Befriedigung zu erklären, welche daraus erwächst. Es liegt etwas in der selbstlosen und aufopfernden Liebe der unvernünftigen Kreatur, das greift einem jeden ans Herze, der häufig Gelegenheit hatte, die nichtswürdige Freundschaft und flüchtige Treue des bloßen *Menschen* zu erproben.

Ich heiratete früh und war glücklich, in meinem Weibe eine durchaus verwandte Seele zu finden. Da sie meine Vorliebe für Haustiere bemerkte, versäumte sie keine Gelegenheit, uns solche der reizendsten Art anzuschaffen. Wir hatten Vögel, Goldfische, einen schönen Hund, Kaninchen, ein kleines Äffchen, und einen *Kater.*

Dieser letztere war ein bemerkenswert großes und

schönes Tier, vollkommen schwarz und in geradezu erstaunlichem Maße klug. War von seiner Intelligenz die Rede, so spielte meine Frau, die im Herzen von rechtem Aberglauben angekränkelt war, des öftern auf den alten Volksglauben an, welcher alle schwarzen Katzen als verkleidete Hexen betrachtete. Nicht daß es ihr je *ernst* mit diesem Punkt gewesen wäre; – ich erwähne die Sache überhaupt aus keinem bessern Grunde als dem, daß sie mir zufällig just eben jetzt ins Gedächtnis kam.

Pluto – so hieß der Kater – war mein Spielkamerad und mir von allen Haustieren das liebste. Ich allein fütterte ihn, und er begleitete mich auf allen meinen Gängen durch das Haus. Mit Mühe nur konnte ich ihn daran verhindern, mir auch noch durch die Straßen zu folgen.

Unsere Freundschaft dauerte in dieser Weise mehrere Jahre fort, während welcher mein allgemeines Temperament und Wesen – durch das Wirken des Bösen Feindes Ausschweifung – (schamrot gesteh' ich's) eine radikale Veränderung zum Schlimmen erfuhr. Von Tag zu Tage ward ich übellaunischer, reizbarer, und rücksichtsloser gegenüber den Gefühlen Anderer. Ich ließ mich hinreißen, maßlose Worte gegen mein Weib zu gebrauchen. Schließlich gar tat ich ihr Gewalt an. Auch meine Haustiere bekamen natürlich den Wechsel in meiner Gemütsart zu spüren. Ich vernachlässigte sie nicht nur, ich mißhandelte sie. Für Pluto hatte ich grad noch soviel Rücksicht, daß ich ihn wenigstens nicht mutwillig quälte, indessen es den Kaninchen, dem Äffchen oder gar dem Hunde ohne Skrupel schlimm erging, wenn sie mir einmal durch Zufall oder aus Zuneigung in den Weg kamen. Doch mein Leiden – und welches Leiden ist dem Alkohol gleich? – es wuchs und ward übergewaltig; und schließlich begann selbst Pluto, der jetzt langsam in die Jahre kam und infolge dessen ein bißchen launisch wurde, die Wirkungen meiner inneren Zerrüttung zu erfahren.

Eines Nachts, da ich, schwer berauscht, von einem meiner Rundzüge durch die Stadt nach Hause kam, bildete ich mir ein, der Kater meide meine Nähe. Ich packte ihn – da brachte er mir, erschrocken ob meiner Heftigkeit, mit seinen Zähnen eine leichte Wunde an der Hand bei. Augenblicklich ergriff eine dämonische Wut von mir Besitz. Ich kannte mich selber nicht mehr. Das, was einmal meine Seele gewesen, schien wie mit einem Schlage aus meinem Körper entflohen; und eine mehr denn teuflische, vom Gin genährte Bosheit durchzuckte schauernd jede Fiber meines Leibes. Ich zog ein Federmesser aus der Westentasche, öffnete es, packte das arme Vieh bei der Kehle und schnitt ihm in voller Überlegung eines seiner Augen aus der Höhle! Ich werde rot, ich brenne, schaudere, während ich diese verdammenswerte Scheußlichkeit niederschreibe.

Als mit dem Morgen – da der Schlaf die Dunstwallungen der nächtlichen Ausschweifung verscheucht hatte – die Vernunft wiederkehrte, durchrann mich ein Gefühl aus Grauen halb und halb aus Reue ob des Verbrechens, dessen ich schuldig geworden; doch war es bestenfalls ein schwaches und zweideutig schwankes Empfinden, das meine Seele unberührt ließ. Ich stürzte mich aufs neue in Exzesse und hatte bald im Weine jede Erinnerung an die Tat ertränkt.

Derweil erholte sich der Kater langsam wieder. Die Höhle des verlornen Auges bot, das muß ich sagen, einen wahrhaft fürchterlichen Anblick, doch Schmerzen schien das Tier nicht mehr zu leiden. Es lief ganz wie gewöhnlich durch das Haus, doch floh's, wie zu erwarten, in äußerstem Entsetzen, wenn ich näherkam. Noch hatt' ich immer soviel Herz in mir, daß mich's betrübte, diese offenbare Abneigung von einem Tiere zu erfahren, das mich einst so geliebt hatte. Doch dies Empfinden machte bald Gereiztheit Platz. Und dann kam, wie um mich endgültig und unwiderruflich zu vernichten, der Geist der PERVERSHEIT über mich. Diesen Geist hat die Philosophie noch gar nicht zur Kenntnis genommen. Doch so gewiß ich bin, daß meine Seele lebt, – nicht weniger bin ich's, daß die Perversheit einer der Urantriebe des menschlichen Herzens ist – eine der unteilbaren Grundfähigkeiten oder -empfindungen, welche dem Charakter des Menschen Richtung geben. Wer hat sich nicht schon hundertmal dabei ertappt, daß er eine niederträchtige oder törichte Tat aus keinem andern Grunde beging denn aus dem Bewußtsein, daß sie ihm verboten sei?

Verspüren wir denn nicht – wider all unser bestes Wissen – die fortwährende Neigung, das zu verletzen, was *Gesetz* ist, bloß weil wir es als solches begreifen? Dieser Geist der Perversheit kam, sag' ich, über mich, um mich endgültig zu vernichten. Es war dies unerforschliche Verlangen der Seele, *sich selbst zu quälen* – der eigenen Natur Gewalt anzutun – unrecht zu handeln allein um des Unrechts willen –, das mich drängte, die dem harmlosen Tiere zugefügte Unbill fortzusetzen und schließlich zu vollenden. Eines Morgens legt' ich ihm gänzlich kühlen Blutes eine Schlinge um den Hals und hängte es am Aste eines Baumes auf – erhängte es, indessen mir die Tränen aus den Augen strömten und die bitterste Reue mir das Herz zerriß – erhängte es, nur *weil* ich wußte, daß es mich geliebt hatte, und *weil* ich fühlte, es hatte mir keinerlei Grund zum Ärgernis gegeben – erhängte es, *weil* ich wußte, daß ich damit eine Sünde beging – eine Todsünde, die meine unsterbliche Seele so gefährden mußte, daß – wenn das möglich wäre – selbst die unendliche Gnade des Allbarmherzigen und Schrecklichen Gottes sie vielleicht nicht mehr zu retten vermochte.

In der Nacht nach jenem Tage, an dem die grausame Tat geschehen war, fuhr ich aus dem Schlaf und hörte ›Feuer!‹ rufen. Die Vorhänge meines Bettes standen in Flammen. Schon brannte das ganze Haus. Mit großer Mühe nur vermochten mein Weib, eine Dienerin und ich selber dem Glutmeer zu entkommen. Die Zerstörung war vollständig. Mein ganzer weltlicher Reichtum war dahin, und fortan überließ ich mich der Verzweiflung.

Ich stehe über der Schwäche, hier etwa zwischen dem Unglück und meiner Untat eine Beziehung wie von Ursache und Wirkung herstellen zu wollen. Doch lege ich eine *Kette* von Tatsachen dar, und darin soll, so wünsch' ich's, nicht das Kleinste fehlen, das möglicherweise ein Glied wäre. Am Tage nach dem Feuer besichtigte ich die Ruinen. Die Mauern waren – bis auf eine – eingestürzt. Diese eine stellte sich als nicht sehr dicke Innenwand heraus, die sich etwa in der Mitte des Hauses befand und an der das Kopfende meines Bettes gestanden hatte. Der Stuckverputz hatte hier in großem Maße dem Wirken des Feuers widerstanden – eine Tatsache, welche ich dem Umstand zuschrieb, daß er kürzlich erst frisch aufgetragen worden war. Um diese Mauer hatte sich eine dichte Menschenmenge versammelt, und viele Leute schienen mit sehr eifriger und minuziöser Aufmerksamkeit eine ganz bestimmte Stelle zu untersuchen. Die Worte »sonderbar!«, »eigenartig!« und andere ähnliche Ausdrückungen erregten meine Neugierde. Ich trat näher und erblickte, ganz als sei es ein Basrelief, in die weiße Fläche gegraben, die Gestalt einer riesigen *Katze*. Sie bot einen geradezu verblüffend natürlichen Eindruck. Um den Hals des Tieres war ein Strick geschlungen.

Beim ersten Anblick dieser geisterhaften Erscheinung – denn für ein andres konnte ich's kaum ansehn – geriet ich vor Verwundern und Entsetzen schier außer mich. Doch dann kam kühlere Erwägung mir zu Hilfe. Die Katze hatte, so entsann ich mich, in einem an das Haus angrenzenden Garten gehangen. Auf den Feueralarm hin hatte sich dieser Garten unmittelbar mit Menschen gefüllt – und einige aus der Menge mußten dann wohl das Tier vom Baume geschnitten und durch ein offnes Fenster in meine Kammer geworfen haben. Dies war vermutlich in der Absicht geschehen, mich aus dem Schlaf zu wecken. Der Fall der andern Wände hatte dann das Opfer meiner Grausamkeit in den frisch aufgetragenen Verputz gedrückt; dessen Kalk schließlich im Vereine mit den Flammen und dem von dem Kadaver entwickelten Ammoniak das Abbildnis so zustande brachte, wie ich's sah.

Obschon ich solcherart meiner Vernunft, wenn nicht gar meinem Gewissen gegenüber recht rasch eine Erklärung für den verstörenden Tatbestand, den ich soeben geschildert, bereit hatte, so verfehlte derselbe doch nicht, einen tiefen Eindruck auf meine Phantasie zu machen. Monate lang vermochte ich mich nicht von dem Trugbild der Katze zu befreien; und während dieser Zeit kehrte in meinem Geist ein Halbgefühl zurück, das Reue schien, doch aber keine war. Es kam so weit, daß ich Bedauern empfand über den Verlust des Tieres und mich in den elenden Kaschemmen, deren häufiger Besuch mir jetzt zur Gewohnheit geworden war, nach einem anderen Haustiere von gleicher Art und einigermaßen ähnlicher Erscheinung umsah, das seine Stelle einnehmen sollte.

Eines Nachts, da ich halb betäubt in einer schon mehr als bloß verrufenen Spelunke hockte, war meine Aufmerksamkeit ganz plötzlich auf ein schwarzes Etwas gelenkt, welches oben auf einem der ungeheuern Oxhofts voll Gin oder Rum ruhte, aus denen in der Hauptsache die Ausstattung des Raumes bestand. Ich hatte schon einige Minuten lang beständig auf dieses Oxhoft gestarrt, und was mir nun Überraschung machte, war die Tatsache, daß mir das Etwas oben darauf bislang gänzlich entgangen war. Ich trat heran und berührte es mit der Hand. Es war ein schwarzer Kater – ein sehr großes Tier – genau so groß wie Pluto und ihm in jeder Hinsicht ganz ungemein ähnlich – bis auf einen Punkt. Pluto hatte nicht ein weißes Haar an seinem Leibe besessen; doch dieser Kater trug vorn einen großen, obschon unbestimmten weißen Flecken, welcher nahezu die ganze Brustpartie bedeckte.

Auf meine Berührung hin erhob er sich unmittelbar, schnurrte laut, schmiegte sich an meine Hand und schien über meine Aufmerksamkeit recht entzückt zu sein. Dies war genau ein Tier, wie ich es suchte. Ich erbot mich sogleich, es dem Wirte abzukaufen; doch der Mensch erhob gar keinen Anspruch darauf – wußte gar nichts davon – hatt' es noch nie zuvor auch nur gesehen.

Ich setzte mein Streicheln fort, und als ich mich fertig machte, um heim zu gehen, bezeigte das Tier eine deutliche Neigung, mich zu begleiten. Das verwehrte ich ihm nicht, und so gingen wir nebeneinander her, wobei ich mich gelegentlich bückte und ihm das Fell tätschelte. Als es das Haus erreichte, fühlte es sich sogleich dort heimisch und ward in kurzem der Liebling meiner Frau.

Was mich betrifft, so spürte ich bald rechte Abneigung gegen das Tier in mir aufsteigen. Dies war grad das Gegenteil dessen, was ich eigentlich erwartet hatte; doch – ich weiß nicht, wie es kam und warum es so war – seine offensichtliche Neigung zu mir bereitete mir Ekel und Verdruß. Ganz langsam und allmählich wandelten sich diese Empfindungen in bitterlichen Haß. Ich mied die Kreatur, wo ich's nur konnte; wobei mich ein gewisses Schamgefühl und die Erinnerung an meine frühere grausame Tat daran verhinderten, ihr körperlich ein Leid zu tun. Wochenlang bekam sie weder Schläge noch irgend andere schwere Mißhandlungen von mir zu spüren; aber allmählich – ganz langsam und allmählich – kam's dahin, daß ich sie nur mit unaussprechlichem Widerwillen noch betrachten konnte und schweigend ihre verhaßte Gegenwart floh wie den Hauch der Pestilenz.

Was ohne Zweifel meinem Hasse auf das Tier hinzukam, war – an dem Morgen, nachdem ich es mit heimgebracht – die Entdeckung, daß es ganz ebenso wie Pluto eines seiner Augen eingebüßt hatte. Dieser

Umstand machte es jedoch nur um so teurer für mein Weib, das, wie ich schon gesagt habe, in hohem Grade jene Menschlichkeit des Fühlens besaß, welche einst mein eignes Wesen ausgezeichnet und die Quellen vieler meiner schlichtesten und reinsten Freuden gebildet hatte.

Mit meiner Aversion gegen diesen Kater jedoch schien gleichzeitig seine Vorliebe für mich zu wachsen. Stets folgte er meinen Spuren mit einer Hartnäckigkeit, welche dem Leser begreiflich zu machen schwer fallen würde. Wann immer ich mich irgendwo niederließ, kroch er unter meinen Stuhl, um sich dort hinzukuscheln, oder sprang mir auf die Knie, um mich mit seinen widerwärtigen Liebkosungen zu bedecken. Erhob ich mich, um zu gehen, so geriet er mir zwischen die Füße und brachte mich dadurch fast zu Fall, oder er schlug seine langen und scharfen Krallen in meinen Anzug und kletterte mir in dieser Weise zur Brust hinauf. Obschon es mich zu solchen Zeiten verlangte, ihn mit einem Hieb zu erschlagen, hielt mich doch immer wieder Etwas davon ab: – zum Teil war's die Erinnerung an mein früheres Verbrechen, doch in der Hauptsache – ich will's nur gleich gestehen – war's regelrechte *Furcht* vor diesem Tiere. Es war dies freilich durchaus keine Furcht vor körperlichem Schaden – und doch wieder wäre ich verlegen, wie anders ich's beschreiben sollte. Fast ist es mir genierlich zu bekennen – ja, selbst in dieser Verbrecherzelle hier befällt mich nachgerade Scham bei dem Geständnis, daß all das Entsetzen und Grauen, welches das Tier mir eingeflößt hatte, recht eigentlich erhöht noch worden waren durch ein Hirngespinst, wie man es sich kaum trügerischer vorzustellen vermag. Mehr denn einmal hatte meine Frau mein Aufmerken auf die Bildung jenes Flecks von weißem Haar gelenkt, von welchem ich zuvor schon berichtet habe und das den einzigen sichtbaren Unterschied zwischen dem fremden, neuen Tiere und jenem, das ich umgebracht, ausmachte. Der Leser wird sich erinnern, daß dieser Fleck, wennschon groß, ursprünglich sehr unbestimmt gewesen war; doch nach und nach, ganz langsam und allmählich – ja, fast kaum wahrnehmbar, so daß meine Vernunft sich langezeit mühte, das Ganze als phantastisch abzutun – hatte er am Ende einen schauerlich eindeutigen Umriß angenommen. Es war nun die Darstellung eines Gegenstandes, den zu nennen es mich graut – und um dessentwillen ich vor allem Ekel litt und Angst und gern des Untiers mich entledigt hätte, *hätt' ich's nur gewagt!* – es war nun, sage ich, das Abbild eines scheußlichen, gespensterlichen Dinges – war das Bild des GALGENS! – oh, grausig, gräßlich Werkzeug des Entsetzens und des Verbrechens – der Seelenangst – des Tods!

Und nun erst wahrlich übertraf mein Elend den ganzen Jammer menschlicher Natur. Und nur ein *unvernünftiges Geschöpf* – dess' Artgenossen ich verachtungsvoll getötet – ein *rohes Vieh* vollbracht' es, mir – *mir*, einem Menschen, geschaffen nach dem Bild des Höchsten Gottes – so viel unsägliches, so unerträgliches Weh-Leiden zu bereiten! Ach! nicht bei Tage noch tief in der Nacht erfuhr ich mehr die Segnungen der Ruhe! Bei Tage ließ die Kreatur mich nicht mehr einen Augenblick allein; und in der Nacht fuhr ich aus unaussprechlich grausem Angstgeträum wohl stündlich auf, nur um den Atem *des Dinges* heiß auf dem Gesicht zu spüren und sein erdrückendes Gewicht – das eines fleischgewordnen Albs, den abzuschütteln ich die Kraft nicht hatte – nun auch im Wach-Sein ewig auf dem *Herzen*!

Unter dem Druck von Qualen wie diesen mußte der schwache Rest des Guten in mir zum Erliegen kommen. Böse Gedanken wurden meine einzigen Vertrauten – die finstersten und schlimmsten aller Gedanken. Die Verdrießlichkeit meines gewöhnlichen Naturells wuchs zum Haß auf alle Dinge und die ganze Menschheit; indessen mein Weib als ach! die stillste aller Dulderinnen klaglos all die häufigen, jähen und unbezwinglichen Ausbrüche der Wut über sich ergehen ließ, denen ich mich blind und rücksichtslos hingab.

Eines Tages begleitete sie mich auf irgendeinem Haushaltsgange in den Keller des alten Gebäudes, das unsre Armut uns nun zu bewohnen zwang. Der Kater folgte mir die steilen Stufen hinab, und als ich seinetwegen einmal fast der Länge nach hingeschlagen wäre, packte mich eine wahnsinnige Wut. Mit einemmal hatte ich in meinem Grimm die kindische Furcht vergessen, welche meiner Hand bis hierher Einhalt getan: ich packte eine Axt, holte aus und führte einen Streich nach dem Tiere, der ihm gewiß im Augenblick verhängnisvoll geworden wäre, hätte er so getroffen, wie ich's wünschte. Doch dieser Schlag ward von der Hand meines Weibes aufgehalten! Ob dieser Einmischung wandelte sich meine Wut in mehr denn dämonisches Rasen: – ich entzog meinen Arm ihrem Griffe und grub ihr die Axt ins Hirn. Ohne auch nur einen Seufzer fiel sie auf dem Fleck tot nieder.

Kaum war diese scheußliche Mordtat vollbracht, so begab ich mich alsbald in voller Überlegung ans Werk, den Leichnam zu verbergen. Ich wußte, daß ich ihn weder bei Tage noch bei Nacht aus dem Hause bringen konnte, ohne Gefahr zu laufen, von den Nachbarn bemerkt zu werden. Mancherlei Projekte kamen mir in den Sinn. Eine Zeitlang dachte ich daran, die Leiche in winzige Stücke zu schneiden und diese durch Feuer zu vernichten. Ein andermal faßte ich den Entschluß, im Kellerboden ein Grab dafür auszuheben. Dann wieder erwog ich, sie in den Brunnen im Hof zu werfen – sie unter den üblichen Vorkehrungen wie eine Handelsware in eine Kiste zu packen und diese dann durch einen Dienstmann aus dem Hause schaffen zu lassen. Schließlich verfiel ich auf etwas, das ich für einen weit bessern Ausweg ansah denn das bisherige. Ich beschloß, die Leiche im Keller einzumauern – ganz wie's die Mönche des Mittelalters mit ihren Opfern getan haben sollen.

Für einen Zweck wie diesen war der Keller recht wohl geeignet. Seine Wände bestanden aus ziemlich lockerem Mauerwerk und waren erst kürzlich durchwegs mit einem groben Mörtel verputzt worden, dessen Hartwerden die dumpfe Feuchtigkeit der Atmosphäre verhindert hatte. Überdem befand sich an einer der Mauern ein Vorsprung, bedingt durch einen blinden Schornstein oder Kamin, und ihn hatte man aufgefüllt und dem übrigen Keller angeglichen. Ich hegte keinen Zweifel, daß ich an dieser Stelle leicht die Ziegel entfernen, den Leichnam hineinbringen und das Ganze wieder aufmauern könnte wie zuvor, ohne daß hernach ein Auge noch irgend Verdächtiges zu bemerken vermöchte.

Und in dieser Berechnung sah ich mich auch nicht getäuscht. Mit der Hilfe einer Brechstange entfernte ich die Ziegel, und nachdem ich den Körper sorgfältig an die Innenwand gelehnt hatte, stützte ich ihn in dieser Haltung ab und führte sodann ohne viel Schwierigkeit die ganze Mauer wieder auf, wie sie ursprünglich gestanden hatte. Mörtel, Sand und Mauerwolle hatte ich bereits unter allen möglichen Vorsichtsmaßregeln besorgt; so rührte ich jetzt einen Verputz an, der von dem alten nicht zu unterscheiden war, und strich ihn sehr sorgfältig auf das neue Mauerwerk. Als ich damit fertig war, fand ich alles zu meiner Zufriedenheit gelungen. Man sah der Wand auch nicht die mindeste Veränderung an. Der Schutt auf dem Boden wurde mit der peinlichsten Sorgfalt aufgekehrt. Ich blickte triumphierend in die Runde und sprach zu mir selbst, ›Also hier wenigstens ist meine Mühe nicht vergeblich gewesen.‹

Mein nächster Schritt bestand darin, nach dem Tiere Ausschau zu halten, das die Ursache so vielen Elends gewesen war; denn ich hatte mich unterweil fest entschlossen, es zu Tode zu bringen. Wär' ich in diesem Augenblick imstande gewesen, es zu erreichen, sein Schicksal hätte keinem Zweifel unterlegen; doch wie es schien, war das verschlagene Biest ob der Heftigkeit meines frühern Wutanfalles in Unruhe geraten und vermied es, mir bei meiner gegenwärtigen Gemütslage über den Weg zu kommen. Es ist unmöglich, zu beschreiben oder auch nur sich vorzustellen, welch tiefes, welch beseligendes Gefühl der Erleichterung mir die Abwesenheit der verhaßten Kreatur im Busen schuf. Sie trat die ganze Nacht nicht in Erscheinung – und somit war es mir, seit ich sie damals mit ins Haus gebracht, für eine Nacht zum mindesten gegeben, gesund und seelenruhig auszuschlafen; jawohl, *zu schlafen* – selbst noch mit der Last des Mordes auf der Seele!

Der zweite und der dritte Tag vergingen, und immer noch erschien mein Quälgeist nicht. Oh, endlich wieder atmete ich als ein freier Mensch! Das Untier war aus Schreck für immer aus dem Haus geflohen! Ich würd' es nimmer wiedersehen müssen! Mir schwindelte vor Glück! Die Sorge vor den Folgen meiner finstern Tat störte mich dabei nur wenig.

Wohl war es zu einigen Vernehmungen gekommen, doch hatte ich alle Fragen prompt und glatt beantwortet. Sogar eine Haussuchung war schließlich vorgenommen worden – aber zu entdecken war natürlich nichts. Ich betrachtete mein Zukunftsglück als gesichert.

Am vierten Tage nach dem Meuchelmord kam sehr unerwarteterweise eine Gruppe Polizisten in das Haus und ging abermals daran, das ganze Grundstück rigoros zu durchsuchen. Sicher jedoch, daß mein Versteckort unauffindbar sei, empfand ich nicht die mindeste Beunruhigung. Die Beamten baten mich mit einiger Bestimmtheit, sie auf ihrem Rundgang zu begleiten. Sie ließen keinen Winkel, keine Ecke undurchsucht. Schließlich stiegen sie, zum dritten oder vierten Male schon, in den Keller hinab. Ich zuckte nicht mit der Wimper. Mein Herz schlug ganz so ruhig wie bei einem Menschen, der in unschuldigem Schlummer liegt. Ich durchmaß den Keller von einem Ende zum andern. Ich verschränkte die Arme über der Brust und schritt in völliger Gelassenheit auf und ab. Die Polizei war ganz und gar zufriedengestellt und schickte sich zum Gehen an. Da war die Freude in meinem Herzen zu mächtig, als daß ich sie hätte zurückhalten können. Ich brannte darauf, meinem Triumph Ausdruck zu geben, und sei's mit einem Wort nur, und sie in ihrer Überzeugung von meiner Schuldlosigkeit doppelt sicher zu machen.

»Meine Herren«, sagte ich denn schließlich, als die

Gesellschaft bereits die Stufen hinanstieg, »ich bin entzückt, Ihre schlimmen Verdächtigungen entkräftet zu haben. Ich wünsche Ihnen alles Gute und ein bißchen mehr Höflichkeit. Übrigens, meine Herren, das Haus – dies Haus hier – ist doch ein sehr solider Bau, finden Sie nicht auch?« (In meinem tollen Verlangen, irgendetwas leichten Sinns zu sagen, wußte ich kaum noch, was ich da eigentlich redete.) »Ja, ich darf wohl sagen, ein geradezu prachtvoll solider Bau! Diese Wände – ah, Sie wollen schon gehen, meine Herren? – diese Wände – alles grundmassive Mauern – –«. Und damit pochte ich, aus bloßem wahnwitzigen Übermut, mit einem Stocke, den ich in der Hand hielt, genau auf diejenige Stelle des Ziegelwerks, dahinter der Leichnam meines Herzensweibes stand.

Doch mög' mich Gott beschirmen und beschützen vor den Fängen des Erzfeinds! Noch waren meine Schläge nicht in der Stille verhallt, da schallte es mir Antwort aus dem Grabesinnern! – ein Stimmlaut – wie ein Weinen, erst gedämpft, gebrochen, dem Wimmern eines Kindes gleich, doch dann – dann schnell anschwellend in ein einziges grelles, lang anhaltendes Geschrei – ein Heulen – ein Klag-Geschrill, aus Grauen halb und halb aus Triumph gemischt, so widermenschlich und -natürlich, daß es nur aus der Hölle selbst heraufgedrungen sein konnte, vereinigt aus den Kehlen der Verdammten in ihrer Pein und der Dämonen, die ob der Qualen jauchzen und frohlocken.

Was soll ich noch von meinen eigenen Gedanken sprechen! Mit schwindenden Sinnen taumelte ich zur gegenüberliegenden Wand hinüber. Einen Augenblick lang blieb die Gesellschaft auf der Treppe reglos, im Unmaß des Entsetzens und des Grauens. Doch schon im nächsten mühten sich ein Dutzend derbe Arme an der Mauer. Sie fiel zusammen. Der Leichnam, schon stark verwest und von Blut rünstig, stand aufrecht vor den Augen der Betrachter. Auf seinem Kopfe aber saß, mit rot aufgerissenem Rachen und feuersprühendem Einzelaug', die scheußliche Bestie, deren Verschlagenheit mich zum Morde verführt und deren anklagende Stimme mich dem Henker überliefert hatte. Ich hatte das Untier mit ins Grab gemauert!

Edgar Allan Poe (1809–1849), der »Meister des Grauens«, ist sicherlich derjenige Dichter Amerikas, der die europäische Literatur am nachhaltigsten beeinflußt hat. Sein bewegtes Leben, das unter mysteriösen Umständen endete, wurde bald zur Legende: Poe galt als der geniale, sich im Alkoholrausch verzehrende Außenseiter der Gesellschaft, der im Leben wie in der Literatur die Abgründe des Menschlichen aufsuchte. Dabei wurde fast übersehen, daß es ausgefeilter Stil und psychologische Präzision waren, die Poe dreifach zum literarischen Vorbild werden ließen: Detektivgeschichte, Science Fiction und Thriller verdanken ihm wesentliche Impulse oder gar ihre Existenz.
Die drei hier versammelten Erzählungen, allesamt 1845 auf dem Höhepunkt von Poes Schaffen entstanden und kongenial übersetzt von Hans Wollschläger, gehören zu den bekanntesten Schauergeschichten der Weltliteratur. Es sind Arabesken der Angst, die bahnbrechende psychologische Erkenntnisse unseres Jahrhunderts vorwegnehmen: Das Grauen ist in uns, nicht außerhalb; und nur ein faszinierend schmaler Grat trennt den Leser von der Seelenqual der Protagonisten.

Klassiker der englischen und amerikanischen Literatur im dtv

Henry Fielding
Eine Reise von dieser Welt in die nächste
Ein skurriler Roman · dtv 2326

Thomas Hardy
Am grünen Rand der Welt
(Far from the Madding Crowd)
dtv 2137

Auf verschlungenen Pfaden
(The Return of the Native)
dtv 2385 (April 1996)

Edgar Allan Poe
Detektivgeschichten
Übersetzt von Hans Wollschläger
dtv 2059

Faszination des Grauens
11 Meistererzählungen
Übersetzt von Arno Schmidt und Hans Wollschläger
dtv 2095

Laurence Sterne
Leben und Ansichten von Tristram Shandy, Gentleman
Neu übersetzt und mit Anmerkungen versehen von Michael Walter
9 Bände im Kleinformat in Geschenkkassette
dtv 59024

Robert Louis Stevenson
Der Ausschlachter
(The Wrecker)
Ein Criminalroman
dtv 2343

Harriet Beecher Stowe
Onkel Toms Hütte
Ungekürzte Ausgabe
dtv 2330

Oscar Wilde
Das Bildnis des Dorian Gray
dtv 2083